L5 35 1652

HIER

VIEUX SENTIMENTS

OPINIONS ET SOUVENIRS

AVRIL 1850

ANGOULÊME

TYPOGRAPHIE (SOULIÉ) GIRARD, ÉDITEUR

Rue des Trois-Notre-Dame, 7

HIER

VIEUX SENTIMENTS

OPINIONS ET SOUVENIRS

AVRIL 1850

CE QUE C'EST QUE MON LIVRE.

Hier est la liberté de penser, de parler et d'écrire, que les jours d'aujourd'hui ne donnent pas; liberté immense comme le passé! immense comme le dédain qu'elle mérite! immense comme son inutilité!

Hier est la liberté d'aimer et d'avoir d'autres devoirs, d'autres amours, une autre liberté, que ceux qui sont imposés ou permis de par l'ordre, de par la liberté, de par la loi, de par tous les maîtres du jour aujourd'hui et du monde.

Hier est la liberté de considérer les événements passés et présents, et d'en tirer des enseignements pour les événements de demain.

Hier est le souvenir qui a une place dans les jours de la jeunesse; il est la gaîté des belles années, et le charme du bonheur.

Hier est une consolation, un soutien, une espérance; il est la louange que mérite la fidélité, la honte que mérite le parjure.

Hier est une place vide sous le soleil, où chacun met ce qui lui plaît; une place, où l'on peut réunir sans danger les actions, les pensées, les paroles qui seraient défendues aujourd'hui.

Hier est un désir pour un monde imaginaire, un vœu pour les mœurs, les habitudes, les institutions qui ne sont pas connues et que nous n'avons pas; il est le paradis où l'imagination place les félicités qui plaisent; les houris bleues des beaux rêves.

Hier est la liberté de voir sans attache, sans souci, sans être trompé, les hommes appeler *progrès, justice, vertu, morale, liberté,* ce qui devrait être appelé: *Ote-toi de là, que je m'y mette;* il est la liberté de s'asseoir comme simple spectateur au théâtre où se passent les évènements, où se débitent les discours, où se commettent les actions, qui bouleversent et changent les œuvres des temps anciens.

Hier est la liberté de désirer les hommes heureux, les gouvernements et les rois forts et libres, les peuples soumis, le règne de la religion et de la crainte de Dieu.

Hier est une parole de vérité dans nos jours de mensonge, d'inquiétude et d'erreur.

2 avril.

L'HORIZON POLITIQUE.

Les nuages s'en vont; les poltrons qui ne tremblent plus sont courageux comme ceux qui se révoltent; les lois contre la presse subissent les effets de l'éloignement de la peur; il n'est plus question d'elles. — Les hommes d'Etat ne sont étonnés aujourd'hui que de la bonté avec laquelle ils ont bien voulu se laisser aller à l'inquiétude à l'occasion des élections du 10 mars; les jours sont beaux; le superbe soleil de la politique n'a perdu nouvellement aucun de ses rayons; M. Baroche remplace M. Barrot; l'éclat est le même; enfin, on laisse passer l'orage qui avait semblé menaçant et dangereux; MM. Carnot, Vidal et de Flotte sont regardés en face; il n'y a pas un seul *modéré* qui ne se croie en état de leur passer sur le ventre à volonté et sur le ventre du socialisme. Dieu protège la France, qui est toujours la grande nation.

M. de La Rochejaquelein est aussi, et également, un autre ennemi de l'ordre, auquel il n'est pas convenable de faire attention; il n'y a que lui au monde qui puisse penser que les révolutions ne sont pas à jamais finies, et qu'il est utile de s'opposer à celles qui pourraient encore menacer l'avenir. On lui oppose la *question préalable* avec une confiance superbe. L'unanimité, dans cette circonstance, est remarquable et touchante. Qui oserait douter, maintenant, de la bonté et de la solidité de notre machine gouvernementale? Qui oserait douter de la confiance des hommes qui sont au pouvoir, dans cette bonté et cette solidité? La question préalable! Que M. de La Rochejaquelein s'arrange maintenant! Que celui-là soit un mauvais citoyen, qui oserait penser et dire que, dans cette manière de juger la question, la vérité est sacrifiée à l'erreur, à l'embarras, à la faiblesse, au démon des révolutions! Que celui-là soit un mauvais citoyen, qui n'aurait pas le courage aveugle des auteurs de la question préalable! Que celui-là, enfin, soit un mauvais citoyen, qui se permettrait de croire que la proposition de M. de La Rochejaquelein est, au moins, un indice du mauvais état de la situation politique! Et cependant, cette proposition donne cet indice.

Tout le monde parle, discute, critique, ou fait des projets et des propositions; on oublie qu'on a peur; en même temps, toutes les mains sont faibles, timides, embarrassées, de mauvaise volonté, divisées quand il faut porter un coup quelconque et quelque part; la *question préalable,* avec laquelle on éloigne M. de La Rochejaquelein, est la seule arme qui reste; le torrent du socialisme suit et continue son cours dévastateur; la gangrène de la licence et des divisions politiques augmente ses ravages dans le corps entier de la nation. Le fléau de l'incertitude, du dégoût, de la peur, de l'instabilité, de la foi dans la seule indifférence et du *sauve qui peut,* pèse avec un nouveau poids sur les destinées malheureuses du pays.

2 avril.

LA LÉGALITÉ.

On considère la marche du gouvernement légal et représentatif, à l'occasion des propositions contre la presse, qui sont soumises aux représentants; on est saisi alors par des craintes nou-

velles, par un dégoût nouveau, par des pensées
politiques, enfin, qui appartiennent à un ordre
particulier.

On admire comme quoi l'impunité est garantie
au coupable; comme quoi la société est désarmée
devant l'individu ou la méchanceté qui l'atta-
quent; comme quoi les intérêts publics sont li-
vrés aux passions perverses; comme quoi, en faveur de la légalité, de la liberté, on a rendu
impossible toute autorité quelconque, toute tranquillité dans l'ordre social, tout frein contre les
révolutions ou bouleversements; comme quoi encore, et enfin, cette légalité met à même son ennemi et celui de la société de connaître et d'aug-
menter le succès de ses attaques, par les moyens
mêmes que l'autorité est forcée de prendre pour
résister.

Il est vrai, en effet, que, depuis le 10 mars, le
gouvernement avoue que la liberté de la presse
trouble le repos public. Il demande des lois pour
entraver cette liberté; les propositions de ces
lois sont attaquées, déchirées, proscrites, déna-
turées, maudites; le foyer de l'incendie est, chaque
jour, animé, augmenté, échauffé, alimenté; l'intérêt public prend, chaque jour, une place plus
petite dans l'opinion; la passion gagne, au contraire, du terrain; le danger augmente; la confiance dans la résistance et le pouvoir diminue.
La peur que donne l'instabilité, qui est partout,
devient plus forte.

On reconnaît que les considérations les plus
mauvaises pour l'ordre général auront les plus

dangereuses influences quand ces lois seront votées et discutées ;

On reconnaît que l'effet de ces lois est déjà à moitié perdu; leur application est d'avance paralysée dans son efficacité ;

On reconnaît que le pouvoir qui aurait pris, et auquel il aurait appartenu de prendre des mesures sans légalité, et qui les aurait fait exécuter sur-le-champ, aurait mieux protégé la société;

On reconnaît que le gouvernement représentatif légal a, en France, plusieurs conséquences malheureuses.

4 avril.

LA PAROLE ET L'ACTION.

Il est permis de croire que le gouvernement représentatif ne serait pas moins bon, si on parvenait à diminuer la place que la parole a prise dans ce gouvernement. Les affaires iraient mieux si la bonté des mesures politiques était admise et reconnue sur le talent d'action et d'exécution des hommes qui proposent ces mesures, au lieu de l'être sur le grand talent de parole de ces hommes.

Le maréchal Soult a été le meilleur aussi bien que le plus illustre des ministres, en France, depuis 1815; il parlait peu, et il parlait mal; il se reconnaissait plus capable d'exécuter que de discuter; il arrêtait les faiseurs de discours, en disant que leurs propositions n'étaient pas praticables, et la France y échappait.... O le grand homme !

Je ne crois pas qu'il y ait une grande erreur à

penser que la vie pour les sociétés et pour les nations, de même que pour chaque homme, est une action principalement matérielle et physique; les lumières, les discours, les idées, la science y apportent plus de mal que de bien, quand on les y admet autrement que dans une place accessoire.

Les idées empêchent de reconnaître que la nation qui accepte tous les gouvernements qu'on lui donne, n'est capable de dévouement pour aucun; cette nation aura beaucoup de paroles, beaucoup de discours, beaucoup d'idées, beaucoup de science, beaucoup de malheur, beaucoup d'impôts.

Les idées font régner dans le pays une indifférence hostile, une défiance pacifique et instinctive. Tous les gouvernements quelconques sont acceptés; la soumission est partout; le soutien, la confiance, le dévouement ne sont nulle part. En définitive, il n'y a de possible pour la politique que l'impossibilité de s'établir avec solidité; il n'y a de stable que l'instabilité.

4 avril.

——

POLITIQUE.

Quand on a besoin aujourd'hui, en France, d'un motif nouveau d'inquiétude et de peur, on est certain que ce besoin sera satisfait; on peut même ne jamais douter qu'au lieu d'un seul motif dont on a besoin, on en trouvera deux; notre pays est le pays des ressources.

Il y a des actes d'indiscipline dans l'armée; il y a des insultes qui sont faites au président de la république; les uns et les autres viennent à point pour désengourdir le parlement au sujet des lois sur la presse et les clubs, dont on commençait à ne plus parler : on revient à craindre ou à croire que ces lois sont sauvées. N'est-ce pas une preuve que la France ne l'est pas ?

L'indiscipline dans les troupes fait souvenir qu'une nation qui n'est ni attachée ni dévouée à aucune foi, ne peut avoir une armée qui soit soumise à la fidélité, au devoir et au drapeau ; cette vérité jette l'épouvante ; les apostasies, les parjures, l'esprit de désordre trouvent les portes ouvertes dans les casernes comme ailleurs ; la liberté de conscience, qui amène l'oubli de Dieu et de la religion ; la liberté d'opinion, qui amène le mépris et l'oubli des devoirs nécessaires au maintien de l'ordre, ne sont que les anneaux d'une chaîne, où l'oubli de la discipline dans les rangs de l'armée a une grande place ; il est évident que cette discipline ne peut rester debout quand toutes les autres disciplines sont foulées aux pieds ; il est évident que le soldat peut facilement apprendre à négliger sa soumission, dans un état politique où chacun peut se faire gloire de n'appartenir à personne ni à rien ; où chacun peut croire et proclamer que l'homme qui a le commandement doit obéir à l'homme qui n'a aucune autorité ; il est évident, enfin, que, dans la dangereuse et malheureuse position qui nous est faite, tous les maux sont possibles et sur nos têtes ; le seul étonnement qui soit permis est celui que peut causer l'absence des maux et des dangers que nous n'avons pas encore.

Les insultes faites au président de la république sont aussi un nouvel indice de la force du désordre ; les révolutions ne se font jamais que pour les révolutions elles-mêmes ; elles ne s'arrêtent pas ; elles ne désarment pas ; après la restauration de 1814, après l'usurpation de 1830, après l'élection du 10 décembre 1848, l'ordre et la France sont plus faibles, plus chancelants que jamais : l'action du suffrage universel n'y a rien fait ; les mêmes menaces, les mêmes dangers sont encore devant nous ; les destinées du pays sont plus que jamais entre les mains du hasard, de l'imprévu, de l'inquiétude ; la presse répand ses mauvais enseignements ; la tribune parlementaire publie ou constate nos divisions, nos afflictions, nos craintes ; l'émeute et l'insulte sont dans les mains du peuple de Paris ; le pouvoir et le respect n'arrêtent personne ; la liberté inspire le dégoût et la peur.

Les insultes faites au président de la république montrent encore que l'autorité n'est pas mieux garantie quand elle est le fruit de l'élection par le suffrage universel que quand elle doit sa naissance, soit à l'hérédité, soit aux chartes et constitutions ; elles montrent que cette élection et ce suffrage universel ne sont nullement efficaces contre la révolte, contre le désordre, contre la licence, contre l'émeute et l'injure, contre les catastrophes les plus épouvantables ; le peuple est souvent dangereux pour lui-même, à proportion qu'il a des droits et qu'il est libre ; ces droits ne sont souvent que violence et licence ; ces droits, enfin, exposent l'autorité à une ruine inévitable ; la destinée fatale de cette autorité est certaine, aussi bien pour les actions qu'elle fait que pour celles qu'elle ne fait pas.

En se mettant à la place de l'hérédité dans l'origine du pouvoir, les chartes et les constitutions n'ont été qu'un premier pas dans une voie mauvaise et dangereuse, une satisfaction donnée aux ambitions les plus médiocres et les plus faibles, un ébranlement de l'édifice social, *un ôte-toi de là, que je m'y mette,* de la plus mauvaise espèce ; l'élection, comme principe de l'autorité, n'est qu'une nouvelle dégringolade révolutionnaire, qui aggrave encore les maux et les périls de la société : nous n'en avions pas besoin.

5 avril.

LA TRIBUNE ET LA GUERRE CIVILE.

Quand les hommes qui savent parler ou écrire se donnent le droit de tout dire, les hommes qui savent seulement agir se croient bientôt le droit de tout faire ; les barricades et la révolte sont leur tribune ; la guerre civile est pour eux une discussion qui leur paraît constitutionnelle comme toute autre discussion.

La dernière vérité du régime représentatif, selon les meilleurs fidèles de ce régime, est celle-ci : *L'insurrection est le plus saint des devoirs.* Les hommes qui ne parlent pas et qui se battent ont raison de penser, quand ce régime leur est donné, que leurs actions sont le fruit de ces grandes paroles.

Comme il est bienfaisant et pas dangereux, le régime représentatif!

6 avril.

DE LA DISCIPLINE DANS L'ARMÉE.

Il est à croire que le lien qui attache le soldat à la discipline et au drapeau, est trop faible quand il n'est que légal;

Il est à croire que les lois, réglements et légalité pour l'armée, ont éloigné l'esprit de corps, et l'ont mal remplacé.

L'esprit de corps, comme les liens et les mœurs de famille, vit de traditions; il. repose sur un sentiment; quand les lois et les réglements approchent, il s'enfuit.

Qui m'explique Dieu m'empêche d'y croire; l'esprit de corps et les choses de la discipline sont comme Dieu; on a meilleure foi en eux, quand on ne les explique pas.

Avec le réglement, on dit *moi* dans le service; avec l'esprit de corps, on dit *nous*.

Avec le réglement, je raisonne; avec l'esprit de corps, *j'obéis*.

Par les lois et les réglements, l'homme de guerre est un homme dans le service; par l'esprit de corps, le service est tout.

Vivent les lois et les réglements, dit-on aujourd'hui! Vive l'esprit de corps, dit le vrai soldat!

L'autorité et l'obéissance réglées et bornées éloignent l'esprit de corps.

Les devoirs des hommes chargés de défendre

le pays ne doivent pas avoir des limites autres que celles que cette défense ne détruit pas.

On ne fait jamais que ce qu'on doit; et quand les intérêts du pays peuvent amener les hommes jusque sous la bouche du canon, il est imprudent de donner des bornes aux devoirs de ces hommes, ou des règles pour ces devoirs.

Un auteur a dit que l'homme était la meilleure machine de guerre connue. C'est la guerre aujourd'hui, et par les réglements, qui est la machine.

Quand il y aura des lois et un réglement pour l'amour, on ne s'aimera plus; on fera son devoir.

Les Arabes attachent leurs chevaux par les pieds; il serait sage de faire pour l'armée ce qui est fait pour ces chevaux; il faudrait laisser sa tête libre et puissante.

Sub lege libertas, a dit un magistrat; — *sinè lege libertas* doivent pouvoir dire les chefs de l'armée, non pour eux, mais pour l'intérêt du pays.

Qui limite l'autorité limite l'obéissance; on veut éviter le mal, on arrête le bien.

Les lois et les réglements tracent le devoir; ils ne laissent aucune place *au feu sacré*, au sentiment.

L'esprit de corps est tout sentiment.

Faire son devoir pour seulement faire son devoir, c'est manquer à son devoir. Qui fait plus que son devoir avec les réglements, manque également à son devoir.

Avec l'esprit de corps, *je vois de l'avant* dans

le service; avec le réglement, *je tire au renard.*

Les devoirs tracés par l'esprit de corps sont *choses du cœur, du sang, d'impulsion;* les devoirs tracés par le réglement sont *choses de la tête, de calcul, de répulsion.*

L'esprit de corps dit *honneur, devoir;* les réglements disent *récompenses, avancement, picotin d'avoine.*

L'homme de guerre appartient au métier et au devoir par l'esprit de corps; le devoir et le métier appartiennent à l'homme de guerre par les réglements.

On dit *légalité, réalité, vérité.* Ce sont des mots fameux; bien hardis me paraissent à moi, chétif, ceux qui les prononcent! Je mets au-dessous *abnégation, bravoure, élan, héroïsme.* Je défie les plus habiles de faire marcher ces sept mots ensemble. Le véritable homme de guerre fera le choix de ceux qui conviennent le mieux, et qui sont le plus nécessaires pour l'armée.

Vous voulez donner à l'autorité le pouvoir de protéger, et vous limitez ce pouvoir! Vous n'y pensez pas. Pour pouvoir être juste, il faut pouvoir plus qu'il ne faut pour être seulement juste.

Vous pensez au mal qui peut venir d'en haut! Imprudents! Pensez d'abord au mal qui peut venir d'en bas; en tout cas, n'émoussez pas l'instrument qui doit vous servir; n'affaiblissez pas, n'accourcissez pas l'épée dont vous avez besoin pour vous défendre.

Le citoyen envoie son procès et son avocat devant le juge. L'homme de guerre n'a que son épée, sa volonté, son énergie pour vider la querelle du pays avec l'ennemi; point de lois pour lui, car elles l'embarrasseraient et le gêneraient; point de lois pour lui, car son ennemi n'en a pas!

Aussi longtemps que vous ne pourrez pas réglementer les boulets lancés par la poudre ou l'ennemi que vous avez à combattre, ne réglementez pas la discipline; laissez faire les traditions et la volonté de l'homme qui commande en chef.

Si les réglements sont bons pour l'obéissance, ils sont mauvais pour l'autorité. Or, l'autorité, c'est le pays qui a des intérêts et des droits; les défenseurs de ce pays, qui n'ont que des devoirs, sont l'obéissance.

Pour l'armée et pour la guerre, il ne faut pas de lois, et il n'y a pas de justice; il n'y a que des circonstances imprévues, des nécessités, des exigences.

Les lois et les réglements pour la discipline sont comme les plans de campagne dressés dans le cabinet et par la cour; ils portent malheur; ils ne valent rien devant l'ennemi.

Les lois et les réglements pour l'armée font plus de mal à l'autorité qu'ils ne font de bien à ceux qui obéissent.

Si les lois et les réglements sont utiles et commodes, ce n'est qu'aux hommes qui ont une autorité qui dépasse leurs forces, et dont le poids les embarrasse. Mauvais hommes sont ceux-là !

L'esprit de corps veut et comprend l'attachement, le dévouement, l'abnégation ; il ne tolère pas le raisonnement, la critique.

Les réglements font naître l'individualisme, la discussion, le blâme.

Les hommes de guerre d'aujourd'hui sont les mêmes que ceux d'autrefois, quant à l'esprit de corps ; les institutions seules qui régissent l'armée ne sont pas les mêmes.

Je m'abaisse ; je tremble devant le grand courage des hommes qui ont osé penser qu'en réglementant l'armée, ils faisaient mieux que Napoléon, et comblaient une lacune oubliée ou non aperçue par le grand homme, et par tous ses devanciers.

Je m'abaisse et je tremble devant le grand courage des hommes qui ont osé penser que les institutions de l'armée devaient être *légales* et réglementaires, à l'instar de celles du pays.

Je ne veux pas dire que l'esprit de corps et la discipline antérieurs aux réglements actuels fussent sans reproches. Je veux dire seulement que l'ancienneté des institutions est moins la preuve que la cause de leur bonté. La perfection est impossible. Le mieux est dans l'accoutumance et le progrès ; le mal est dans le changement.

8 avril.

QUELQUES-UNES DES PENSÉES DE TOUT LE MONDE.

Les révolutions affaiblissent les nations dans le sens moral, aussi bien que dans le sens national : la destruction fréquente et successive d'un grand nombre de gouvernements ôte toute force aux gouvernements qu'on met à la place de ceux qu'on jette à bas. La confiance manque et disparaît, soit en haut, soit en bas; l'anarchie amène le despotisme ou toute autre ruine encore plus fatale.

Il est permis de croire que les fréquents changements de gouvernement, depuis 1789, sont une preuve que la liberté et le bonheur ne sont pas venus avec ces changements;

Il est permis de penser que la multiplicité des révolutions, depuis 1789, est une preuve que ces révolutions ne font jamais arriver au but que l'on veut atteindre en les faisant.

Le choc des opinions et la libre discussion peuvent faire naître quelquefois la lumière; ils produisent bien plus souvent le succès du mal et de l'erreur; ils produisent bien plus souvent la lassitude, l'impuissance, l'éloignement, le dégoût chez l'homme de bien.

Quand on considère que les révolutions et la liberté ont conduit le pays au bord de l'abîme effroyable qui s'appelle *socialisme*, on se demande quel est le mal plus grand qu'aurait pu faire le despotisme?

On a eu l'occasion de voir, en 1848, que l'égalité était un niveau qui fait baisser quelquefois jusqu'à zéro, jusqu'à rien du tout, l'estime pour la patrie, l'orgueil pour la patrie, le respect pour les hautes fonctions; on ne doit jamais oublier dans quelles mains le pouvoir est descendu et tombé à cette époque.

On a instruit la nation, depuis trente ans, à n'avoir ni union, ni confiance, ni dévouement pour personne, ni pour rien; les enseignements portent leurs fruits aujourd'hui : *sauve qui peut!*

Cette devise est inscrite partout ; elle l'est jusque dans la conscience intime du pouvoir.

Le règne de l'égalité excite l'orgueil de l'homme au lieu de le satisfaire ; le dédain pour la condition de peuple est un cadeau bien réel et bien positif que nous ont fait les révolutions et l'égalité.

Une femme d'esprit disait autrefois qu'elle avait besoin d'être battue pour être bonne ; il en est aujourd'hui de certaines nations comme de cette femme ; elles seraient meilleures ; leur tranquillité et leur bonheur seraient plus assurés, si, chez elles, le pouvoir était fort, intact, complet, en état de les contenir et de les battre ; un grand pas sera fait vers le bonheur par ces nations, quand elles auront reconnu que ce bonheur se trouve principalement dans la soumission.

La patience et l'obéissance sont les conspirations les plus efficaces qu'on puisse faire contre les mauvais gouvernements ; elles valent mieux que la résistance et la révolte.

La société a besoin d'être réglée et constituée ; elle ne peut se maintenir si la place de chacun n'est pas marquée, et si chacun n'y reste pas.

Il n'est pas question de savoir s'il vaut mieux être le premier que le dernier : il est nécessaire seulement que quelqu'un soit le premier, et que quelqu'un soit le dernier.

Il est nécessaire de reconnaître et de penser que la société est perdue si la place et la qualité de chacun, dans cette société, ne sont pas stables et inattaquables.

Il est nécessaire de reconnaître que l'ordre et

la règle, dans la société, sont nécessaires au bonheur général de tout le pays ; ce n'est que secondairement qu'il faut considérer cette règle et cet ordre comme nécessaires au bonheur particulier de chacun dans ce pays. La société d'abord, l'individu après.

Les doctrines socialistes marchent contre les riches aujourd'hui, sous le drapeau de la spoliation, dont on s'est servi au commencement de nos révolutions ; les dangers qui menacent la haute classe de la société sont le plus puissant enseignement qui puisse être donné contre ces mêmes révolutions, contre l'abolition de l'hérédité, soit dans le pouvoir, soit dans la possession d'un rang ou d'une fortune *quelconque.*

Les faux principes résistent moins à l'indifférence qui les laisse passer qu'à l'opposition qui les arrête ; la soumission leur est une attaque devant laquelle ils succombent infailliblement.

Les limites données au pouvoir et toutes les précautions prises contre lui, dans le gouvernement représentatif, sont plus préjudiciables au peuple, dont le besoin est d'être gouverné, qu'aux hommes qui ont l'ambition ou le devoir de gouverner. Comment ne veut-on pas voir que, puisqu'il faut avoir et porter un vêtement, il est sage de faire que celui qu'on a choisi soit aussi bon que possible, aussi fort que possible, aussi complet que possible ?

Il m'est démontré que plus un gouvernement est faible, et plus il est mauvais, soit pour lui-même, soit pour la nation à laquelle il appartient.

Il est certain que la France, en ne voulant avoir, au lieu d'un roi, qu'un président temporaire et soumis à l'élection, s'est exposée à être mal gouvernée, et même à ne pas l'être du tout.

Avec des institutions blessées et meurtries par l'instabilité et par les hasards du suffrage universel, on ne fait rien ; on n'entreprend rien, ni en politique, ni en gouvernement, ni en administration, ni en industrie ; on vit tout au plus, et au jour le jour ; on est inquiet ; on a peur. Les meilleurs projets sont abandonnés ; la désaffection ou la crainte arrêtent les meilleures volontés ; la confiance fait défaut partout.

Les circonstances ne sont jamais bonnes quand les hommes, dont le devoir est d'agir, ne sont tranquilles, ni pour le passé, ni pour le présent, ni pour l'avenir.

18 avril.

___

LA GUERRE.

On parle, de temps en temps, des armements de la Russie et des éventualités de la guerre ; au moment où tous les dangers menacent la France, on n'a qu'un frémissement de plus à l'occasion des événements qui peuvent arriver ; les soins qui sont nécessaires de tous les côtés pour conjurer les périls, semblent dépasser les forces et les moyens dont les hommes et la société peuvent disposer. On laisse passer une peur de plus, et sans y prendre garde.

19 avril.

L'ÉLECTION DE PARIS DU 28 AVRIL.

M. de Girardin serait-il le premier révolutionnaire ambitieux auquel l'opinion qu'il veut professer donne les malheurs de l'honnête homme? Quel traitement injuste! L'honorable candidat est dédaigné et repoussé par ses amis et ses ennemis; il me semble qu'il lui manque d'être un homme médiocre; il est ordinaire, en effet, que le talent trouve toutes les portes fermées dans un régime ou règne l'égalité, la constitution et autres sublimes inventions du gouvernement populaire; le mérite qui veut être ambitieux doit se mettre à la tête du mouvement; s'il se contente de rester dans ce mouvement, il est repoussé.

M. E. de Girardin place les mémoires de M. de Châteaubriant à côté des enseignements en faveur du socialisme, et sur la même feuille; ce trait d'audace est grand et étonnant; il empêche d'être surpris quand son auteur ne réussit pas à être le candidat socialiste et rouge, à Paris.

Les sarcasmes lancés par M. de Châteaubriant sur les révolutionnaires de 1830 et sur le juste-milieu, retombent entièrement sur les révolutionnaires de 1848 et sur la réaction modérée, qui s'est mise à leur place. On apprend ainsi qu'il ne reste jamais aux révolutions, et dès leurs premiers jours, qu'une physionomie piteuse et triste. M. de Girardin, qui veut être le candidat socialiste, devient un soutien de l'ancienne monarchie, un soutien du droit héréditaire et légitime; il fait ainsi à la cause qu'il défend plus de mal que la *Gazette de France* elle-même.

Le gouvernement entre les mains des chartriers constitutionnels et monarchiques, en 1830, est la vivante image de la république entre les mains des hommes de l'ordre, en 1848 ; le juste-milieu de l'une et l'autre époque n'est qu'un gâchis sans bases, sans solidité, sans confiance en lui-même ; le défaut de toute virilité le laisse seulement embesogné à empêcher de naître ou de grandir, soit la lignée des rouges, soit la lignée des blancs ; mais, lui, n'a pas de lignée.

20 avril.

___

LE DÉSORDRE ET LA CONFUSION.

Deux grands athlètes de la révolution sociale viennent de descendre dans l'arène parlementaire. M. Jules Favre a parlé sur l'amovibilité de quelques membres du clergé ; il ne veut pas que sa chère révolution ne répande pas ses bienfaits dans toutes les hiérarchies sacerdotales ; il lui est nécessaire que les félicités de l'indépendance et de la liberté passent avant la soumission à Dieu ; il ne sera content que quand il aura fait consacrer par la loi que Gros-Jean doit en remontrer au curé ; il est inutile que la France en soit à la soixantième année révolutionnaire, si l'ordre et la règle se maintiennent encore quelque part. En avant le désordre ! en avant la confusion !

M. Victor Hugo a parlé sur la loi de déportation ; il n'a d'entrailles que pour les coupables ; il est reconnu par lui que les hommes qui ne sont pas tueurs derrière les barricades, émeutiers, vagabonds et repris de justice, sont des malheureux, dont le repos, les droits, la tranquillité importent peu. Son raisonnement va même jusqu'à dire que la loi n'est pas bonne, parce que la révolution et la révolte étant assez généralement la règle en France, depuis longtemps, toute la nation est exposée à devenir exception et coupable politique. En avant le désordre ! en avant la confusion !

20 avril.

_____

OU EST LE GOUVERNEMENT?

Il devient difficile de savoir où est le gouvernement ; on peut croire même que les hommes qui sont ce gouvernement, seraient eux-mêmes embarrassés pour répondre à la question. Le président de la république est insulté et menacé ; il faut qu'il contremande les revues qu'il veut passer, ou qu'il les fasse à l'improviste ; l'indiscipline dans l'armée apparaît sur plusieurs points : le socialisme lève la tête, et il y a baisse à la Bourse ; d'un autre côté, le désaccord le plus complet se fait voir dans le cabinet ministériel et dans le parlement. On annonce qu'un rejet positif attend la loi pour les maires, la loi pour la presse, la loi pour les clubs, la loi pour le chemin de fer d'Avignon ; il serait sage, en vérité, d'avoir peur des menaces du règne de l'anarchie et de la révolution, s'il n'était pas clair, comme le jour, que ce règne est déjà en entier sur le pays et sur nos têtes ; le gouvernement, qu'on a réduit à l'état d'emploi électif et salarié, nous en donne pour notre argent, *sibi ministrat*.... Il se moque du reste ; d'un autré côté, il aurait vainement l'intention de faire autrement et mieux ; il ne le pourrait pas.

22 avril.

CHARLOTTE CORDAY ET TOUSSAINT-LOUVERTURE.

Racine et Corneille ont fait le siècle de Louis XIV aussi bien que Turenne et Condé : les grandes places, dans la marche du temps, appartiennent aux œuvres littéraires ; elles restent dans l'histoire, de même que les événements, et pour indiquer la grandeur ou la décadence des nations, les époques de gloire ou d'obscurité, de bonheur ou de malheur. Le drame de *Toussaint-Louverture*, qu'on vient de jouer, et celui de *Charlotte Corday*, qui est un peu plus ancien, sont déjà les jalons littéraires de nos jours présents. Faibles jalons ! faibles et tristes jours ! La gangrène révolutionnaire a envahi jusqu'à la poésie ; les grands auteurs subissent la destinée fatale de tout le monde ; ils nous condamnent, eux aussi, *à cet éternel et mauvais pâté d'anguilles de la liberté, égalité, révolution, droits et souveraineté du peuple, etc.*, qui nous poursuit partout ; j'aimerais mieux être envoyé *aux carrières* ; j'aimerais mieux *les Grecs* et *les Romains* éternels, cependant, et aussi ; il faut remarquer, en outre, que l'assassinat de Marat et la révolte de Saint-Domingue prennent dans ces drames, pour leur malheur et pour le nôtre, les dimensions et l'enveloppe qui conviennent, non à leur époque, mais à la nôtre; on donne ces événements avec l'habillement des idées qui dominent aujourd'hui; les auteurs n'ont voulu, avec cruauté, nous épargner aucune douleur. Ces idées sont douteuses et embarrassées; elles appartiennent à un éclectisme rêveur, misérable, impossible. On y condamne la monarchie, et on n'y absout pas la république; on y sacrifie la religion, et on n'y admet pas l'impiété; on y tourne le dos à la vérité, et on y veut proscrire le mensonge. C'est encore le gâchis.

Nascuntur poetæ. Je comprends Tyrtée et Jérémie; ils ont été les heureux favoris de la destinée fatale et poétique. Je comprends les deux auteurs de *Charlotte Corday* et de *Toussaint-Louverture,* comme n'ayant eu que la seule mauvaise part de cette destinée : la torture est grande quand l'inspiration commande seulement de ne pas avoir d'inspiration; quand on se soumet à ne pas condamner le coupable et à ne pas amnistier l'innocent; quand on doit montrer partout et toujours que l'*une ou l'autre voie peut être suivie;* telle est cependant notre époque; telles sont les deux pièces de MM. Ponsard et Lamartine.

Nascuntur poetæ. La Providence qui fait les poètes ne leur accorde qu'une mince faveur, quand ils ne reçoivent pas en même temps la force et le talent qui marchent seuls en avant des événements et des opinions, et qui donnent l'impulsion sans jamais la recevoir.

Nascuntur poetæ. Ceux-là ne sont poètes qu'à demi, qui représentent leur époque, et en reçoivent l'inspiration, sans s'attacher à un principe ; ils restent ainsi *ni l'un ni l'autre*, ni royalistes, ni révolutionnaires, ni socialistes, ni républicains, ni religieux, ni impies, ni assez francs dans une opinion, pour lui consacrer la force de leur inspiration ; ni assez animés par le feu sacré, pour peindre dans toute sa vivacité une opinion et des sentiments qu'ils n'approuvent pas ; ils perdent ce qu'ils touchent.

Il faut convenir, d'un autre côté, que *Charlotte Corday* et *Toussaint-Louverture* sont des sujets qu'il aurait fallu ne pas choisir ; ils sont difficiles et scabreux à mettre en œuvre ; ils sont politiques, révolutionnaires et trop *actuels* ; si on les présente au point de vue révolutionnaire et républicain, on arrive aux horreurs de 1793 ; les tableaux deviennent hideux et dégoûtants. Si on les présente au point de vue monarchique, on arrive à la critique des institutions et des opinions sous le règne desquelles on a aujourd'hui le bonheur de vivre. On est arrêté par le commissaire de police et par le devoir envers le bienheureux ordre de choses que nous avons ; il faut forcément rester ainsi dans une espèce de juste-milieu, que les véritables poètes ne pourront jamais souffrir, et que les auteurs de *Charlotte Corday* et de *Toussaint-Louverture* ont cependant accepté : système bâtard en poésie, aussi bien qu'en politique ! Il affaiblit et attiédit les sentiments, les passions, les actions ; cercle étroit et ingrat ! il ne peut convenir qu'à la médiocrité, et la médiocrité s'en sert pour imposer ses barrières les

plus infranchissables aux pensées, aux concep-
tions, aux tableaux.

22 avril.

_____

LA LOI DE DÉPORTATION. — IL FAUT DE L'ORDRE!

Il faut de l'ordre! Cette nécessité, sous laquelle les révolutions et les révolutionnaires sont
forcés de plier, est une vengeance que le ciel
exerce contre les révolutions et les révolutionnaires; elle est un jugement porté contre eux.

Il faut de l'ordre! Cette nécessité est aussi
dure pour les hommes qui proposent de *législa-
turer* la déportation que pour ceux qui repoussent cette législature. Les uns et les autres sont
forcés de s'y soumettre. Si la montagne était encore au pouvoir, elle aurait de nouveau l'obliga-
tion d'être réactionnaire, cruelle, hostile à la liberté, comme elle l'a été déjà, et tout aussi bien
que la plaine, tout aussi bien que le gouvernement qu'elle critique et qu'elle attaque.

Il faut de l'ordre! Ces paroles contiennent la
plus accablante condamnation contre les révolutions et contre les révolutionnaires; elles sont
une preuve que les destinées nationales et pu-
bliques seront mauvaises aussi longtemps que les
révolutions ne seront pas finies; elles montrent
que la France n'est qu'un misérable sujet d'expé-
rimentation pour les novateurs, et qu'elle sort de
plus en plus maltraitée des mains auxquelles elle
se livre chaque jour.

Il faut de l'ordre! Ce n'est pas sérieusement
que les adversaires de la loi pour la déportation

peuvent dire aux partisans de cette loi qu'ils ne
doivent pas la voter, parce qu'elle peut les atteindre quelque jour ; les coupables politiques
doivent être contenus et punis, aussi bien que les
autres coupables ; d'un autre côté, cet argument
suffit pour faire apprécier la portée des législa-
teurs qui l'emploient. A ce compte, en effet, on
ne sait pas, en vérité, quelle serait la disposition
du code qui eût été adoptée, s'il eût fallu, pour
son adoption, que personne ne fût jamais menacé
par elle.

Il faut de l'ordre ! Il en faut de tous les côtés
et à tout le monde ; il en faut à toutes les opinions. A peine est-on sorti de l'ordre qu'il y faut
rentrer ; et dès lors, il y a faute et préjudice
toutes les fois qu'on s'en écarte ; il est même cu-
rieux et consolant pour tous les hommes qui sont
opposés à tous les désordres, de voir les révolutionnaires ne pouvoir éviter entre eux, et s'imposer toujours, quand ils sont les maîtres, les
mêmes tristes destinées qu'ils faisaient subir aux
gouvernements dont ils ont pris la place ; ainsi,
le pouvoir, qui est entre les mains des hommes
qui étaient dans l'opposition avant la dernière
révolution, est rendu aussi pesant, aussi désa-
gréable à ces hommes, par l'opposition qui s'est
formée contre eux, qu'il l'était par leur moyen
aux hommes qu'ils ont réussi à chasser et à rem-
placer ; c'est seulement *ôte-toi de là, que je m'y
mette :* rien n'est changé dans l'état malheureux
du pays ; c'est une guerre qui ne cesse jamais,
guerre inutile et désastreuse, guerre dont la

France paie toujours tous les frais, et où elle ne gagne jamais rien !

Il faut de l'ordre ! La destinée du pouvoir de juillet 1830 n'a pas eu une destinée meilleure que le pouvoir de la restauration dont il avait pris la place. La branche cadette est bannie comme la branche aînée : le *quoique* et le *parce que* sont également emportés par la même catastrophe, *quoique* et *parce que*. Enfin, le bannissement des ministres de Louis-Philippe est la ressemblante image du jugement des ministres de Charles X. L'éternelle nécessité de l'ordre atteint les hommes qui repoussent la loi de déportation et les hommes qui veulent cette loi ; l'éternelle nécessité de l'ordre apprend aux hommes sages à craindre et à haïr les révolutions ; elle leur apprend à n'être pas, pour les éviter, indifférents en matière de gouvernement et d'ordre.

23 avril.

LE CANDIDAT SOCIALISTE POUR LES ÉLECTIONS DE PARIS.

Les électeurs socialistes et démocrates de Paris veulent donner un nouveau coup de pinceau, un superbe ornement à la république ; ils franchissent les derniers obstacles ; le progrès n'avait pas détruit jusqu'à présent la différence que l'on fait encore entre les condamnés politiques et les autres repris de justice ; on avait même vu dernièrement les premiers qui réclamaient fortement, pour ne pas être confondus avec les seconds ; les honorables électeurs ont jugé qu'il était néces-

saire que cette susceptibilité fût réformée; ils
ont jugé que l'opinion et l'égalité étaient enfin
comme le soleil de Louis XIV, *nec pluribus im-*
par; tous les Français doivent se tenir la main;
ils ont tous les mêmes droits à une même consi-
dération; il faut que cette justice soit due à la
révolution démocratique et sociale; toute autre
qu'elle n'oserait pas la faire. A l'aide de cet in-
contestable raisonnement, les électeurs socialistes
de Paris veulent produire les phénomènes les plus
étonnants dans les choses que les opinions an-
ciennes, *et à jamais déchues,* tenaient pour im-
moralité, désordre, atteintes à la justice, à la
propriété, à la loi naturelle, etc. Ces électeurs
ont, dans ce but, fait choix de leur candidat; ils
auraient pu prendre un homme pratique; la pensée leur en est venue; ce ne sont pas eux qui
ignorent que la souveraineté du peuple est au-
dessus de tout; ils savent que le suffrage universel
commande au pouvoir de la justice, comme à
tous les autres pouvoirs. Cependant, après ré-
flexion, et par esprit de reconnaissance, de justice et de singulière estime, leurs votes auront
une autre direction; ils veulent d'abord donner
une approbation publique aux *Mystères de Paris*
et au *Juif Errant.* C'est un commencement; le
progrès fera le reste. Incessamment, la France
verra la lumière; les derniers préjugés seront dé-
truits; une notable portion des bienfaits publics
et sociaux, soins, argent, honneurs, ira couler
dans les mains de tous les honorables membres
de la société, qui auront eu affaire avec les tri-

bunaux. Il faut que les abus disparaissent avec les préjugés; la société *socialisée* n'accorde plus aucune protection aux hommes qui ne volent ou n'assassinent pas, et à ceux qui sont volés ou assassinés; la propriété c'est le vol; Dieu, c'est le mal; il n'y a plus de coupables; le suffrage universel a prononcé une nouvelle fois à Paris, et par la voix des démocrates, le grand mot *égalité*, en lui donnant l'acception nouvelle et large qui lui appartient au nom du socialisme, *quod æquat inquinat.* Cette loi est générale; il faut que tout le monde y passe.

26 avril.

UN MOT AU SUJET DE TROIS DISCOURS.

PREMIER DISCOURS.

Ordonnez, dit M. le général de Grammont, représentant du peuple, ordonnez que le gouvernement cesse de siéger à Paris; ordonnez qu'il s'établisse dans une ville de province; il y trouvera secours, protection, soumission, paix, liberté, confiance; il y trouvera les sentiments et le repos qu'on lui refuse à Paris, et qui lui sont nécessaires pour être utile au pays, stable, confiant en lui-même; il est temps que ce gouvernement ne soit plus exposé aux dangers qu'on lui fait courir; aux insultes qu'on lui fait subir dans la capitale; les provinces, d'un autre côté, sont lasses d'être continuellement aux ordres des révolutions et des émeutes, dont il plaît à Paris d'être le foyer permanent et actif: c'est Paris,

c'est le séjour du gouvernement à Paris qui per-
vertissent l'opinion, et font fuir la confiance ; c'est
Paris qui jette les plus mauvaises semences dans
la discipline des troupes, et qui fait que tous les
efforts pour maintenir ou rétablir cette discipline
sont vains ou impuissants.

Ces paroles passent, et *l'ordre du jour* continue ; mais le doigt a été mis sur la plaie. M. de
La Rochejaquelein a trouvé un imitateur ; la vérité a été dite ; un nouveau jalon est planté pour
l'avenir ; il indique la bonne voie. D'un autre côté,
l'inquiétude a un nouveau motif pour être forte
et puissante ; la peur des dangers qui menacent
l'ordre est, une nouvelle fois, autorisée et moti-
vée ; les mauvais effets des révolutions dans la
tranquillité et dans les institutions du pays sont
dévoilés.

DEUXIÈME DISCOURS.

Un représentant proclame à la tribune qu'il
n'est pas *légal* que le président de la république
ait des officiers d'ordonnance, une épée, des
épaulettes, un chapeau à plumes ; il est malheureux pour un vieux soldat d'être forcé de convenir que ce représentant a *légalement* raison :
summum jus, summa injuria. Un vieux soldat
se console en envisageant la question sous un
point de vue autre que la politique et la légalité ;
il ne veut point s'informer, alors, comment le
président de la république doit être affublé dans
ses fonctions constitutionnelles et à cause d'elles ;
l'opinion ne doit pas empêcher d'être juste. Un
vieux soldat voit avec étonnement les révolutions

qui veulent que l'héritier de l'empereur Napoléon soit un président *légal* de leur république ; il voit avec colère les révolutions qui veulent que les insignes et les vêtements militaires ne soient pas portés en France par l'héritier de l'empereur Napoléon ; il voit avec chagrin qu'il ne soit pas généralement reconnu en France que le devoir de l'armée et du pays serait d'empêcher les descendants de l'empereur Napoléon, de ne pas porter ces insignes et ces vêtements, s'ils négligeaient jamais de s'en servir.

TROISIÈME DISCOURS.

Un représentant montagnard vient en aide à l'armée et au budget de la guerre ; il emploie toute son éloquence contre cette armée et contre ce budget ; on reconnaît alors dans l'assemblée que le témoignage le meilleur, en faveur de la conservation de l'état militaire attaqué, se trouve précisément dans l'existence du parti qui critique cette conservation, et dans les motifs de cette critique, dont se servent les orateurs de ce parti : les grandes armées et les lourds impôts marchent toujours à la suite des révolutions et des révolutionnaires ; il faut en prendre son parti. *La nécessité et l'utilité* de l'armée deviennent principalement évidentes par les efforts contre cette utilité et cette nécessité, qui sont faits par les hommes appartenant à une certaine opinion.

28 avril.

ÉLECTION DE M. EUGÈNE SUE.

Le mois finit mal ; chaque évènement augmente
le péril de la situation ; l'élection de M. E. Sue a
une signification qu'il est impossible de ne pas
comprendre. Le suffrage universel met le gouvernement du pays dans les mains de la révolution ; ce résultat est menaçant. La révolution, en
effet, est incapable de se gouverner elle-même ;
elle est incapable de gouverner et de maintenir
un autre gouvernement ; le désordre ne peut jamais parvenir qu'à amener sa propre ruine ; il est
perdu, et la nation se perd avec lui, soit qu'il
veuille marcher, soit qu'il veuille s'arrêter ; il
faut aujourd'hui un courage qui ne se trouve plus,
pour croire et pour avancer qu'il y a sagesse à
consacrer son dévouement à l'ordre, quand le
principe de cet ordre est en bas et révolutionnaire. On n'a ni confiance, ni courage, non plus
pour l'opinion des hommes qui disent d'aller et
de marcher toujours, *quand même,* et sans aucune résistance. Le règne de l'entière liberté,
que conseille aujourd'hui M. Emile de Girardin,
paraît un danger. Les barricades et l'émeute, qui
produisent Ledru-Rollin et la république, ne sont
pas plus mauvaises que le suffrage universel, qui
produit M. E. Sue et quelques autres *ejusdem fa-
rinæ ;* la révolution est aussi bien d'un côté que
de l'autre. Il y a partout malheur et danger pour
le peuple ; il y a malheur et danger, parce qu'il
faut que le peuple soit gouverné, et parce que le
gouvernement du désordre est le plus dur et le

plus mauvais de tous les gouvernements. Les maux que la révolution fait au pays prouveront quelque jour que la liberté est le prétexte dont se servent les révolutionnaires, et que notre ruine totale est leur but.

30 avril.

ARRÊTEZ-VOUS DONC !

UN DES CONTES DE MON GRAND-PÈRE.

I.

Je rencontrais Adélaïde un jour ; nous étions jeunes ; nous nous aimâmes d'amitié tendre ; nous nous aimâmes mieux que je ne puis le dire ; il fallut nous séparer, et nous fûmes inconsolables.

On s'éloigne de sa mère et de sa sœur avec chagrin ; on s'éloigne de son amie, dans la jeunesse, avec une douleur plus cruelle que la mort.

II.

Adélaïde ne voulut point accepter une bague sur laquelle j'avais fait graver les mots : *foi jurée*. Elle me fit recevoir une boîte sur laquelle il y avait : *souvenir*.

On est excusable, disait-elle, de ne pas aimer toujours ; on est sans excuse quand on oublie ; il est inutile de prendre des engagements qu'il est possible de ne pas tenir. La mémoire est un témoin qui arrête dans le danger ; elle est un appui et un compagnon qui conseillent et secourent dans les circonstances où les chutes sont à craindre. J'ai aimé Adélaïde longtemps ; j'ai gardé son souvenir toujours.

III.

Deux ans après notre séparation, j'habitais une grande ville. La table, le jeu, la chasse, les plaisirs, la jeunesse, allaient me faire oublier la raison : j'avais déjà des amis, des chevaux ; j'allais avoir des duels et des dettes ; la boîte d'Adélaïde se trouva sous ma main ; je la cassai en voulant l'ouvrir. J'y trouvai une seconde boîte sur laquelle il y avait encore le mot : *souvenir :* j'y trouvai un papier sur lequel Adélaïde avait écrit : *arrêtez-vous donc !*

Je m'appliquai ces paroles et leur sens, en me souvenant d'Adélaïde. Je me souvins de l'expression de sa physionomie, quand il m'arrivait d'affliger son cœur.

Les chagrins de ma famille, les inquiétudes de ma mère, les conseils de mes véritables amis, les embarras suscités par mes commencements de désordre, les reproches de ma conscience, tout avait été inefficace ;

Le souvenir d'Adélaïde, le souvenir de la tristesse que je pouvais lui causer, furent suffisants ; ils me firent changer.

Arrêtez-vous donc ! Je m'éloignai de là carrière dangereuse où j'allais entrer, je vendis mes chevaux ; je m'éloignai des amis qui m'entraînaient ; j'évitai les désordres et les dettes.

IV.

Quelques années plus tard, je tombai dans le

chagrin; je devins malheureux; mon pays fut bouleversé par les révolutions; les événements politiques amenèrent la perte de ma fortune; mes services furent méconnus; ma carrière fut brisée; l'intrigue et la bassesse me chassèrent d'une position qui m'appartenait; j'étais découragé et désespéré. Adélaïde fut mon ange tutélaire; je trouvai dans sa boîte le papier et les mots : *arrêtez-vous donc!* J'obéis à la voix d'Adélaïde; j'appelai à mon secours l'heureuse philosophie de la résignation, la froide et sage indifférence, la fierté qui soutient.

Le chagrin de l'homme de bien double la joie du méchant qui le persécute.

Le courage, au contraire, lasse, éloigne l'injustice et l'intrigue.

Je ne reculai plus devant la mauvaise fortune; je fis tête à la destinée; je cessai de me plaindre et de souffrir.

V.

Un jour, j'étais heureux; on me rendait justice; on me flattait : mes amis étaient nombreux; mes désirs étaient satisfaits; les succès semblaient justifier mon orgueil et ma confiance; ils semblaient autoriser, chez moi, la fierté, la présomption, le dédain, la morgue; les vices communs chez les protégés aveugles et ordinaires de la fortune.

J'ouvris la boîte d'Adélaïde pour mon bonheur, et j'y trouvai son doux souvenir. Alors, je cessai de m'enorgueillir; je n'oubliai plus que le bonheur est passager; je me conduisis alors comme si j'avais dû cesser d'être heureux. J'accueillis le malheur ; je fus préparé aux changements de fortune. La maxime d'Adélaïde régla sagement ma conduite.

VI.

Alfred était un de mes bons amis ; je l'ai vu dans tout l'éclat de la jeunesse, dans tout l'emportement des passions ; les dettes, l'inconduite, la débauche menaçaient sa réputation et sa fortune ; elles mettaient en péril le rang honorable qu'il avait dans le monde, l'emploi élevé qu'il avait dans l'armée. Elles affligeaient son vieux père ; je voulus lui confier la boîte d'Adélaïde ; je voulus lui mettre sous les yeux la maxime : *arrêtez-vous donc !* Alfred se moqua de moi ; la sagesse et la prudence furent sans pouvoir. Malheureux Alfred ! les passions n'ont eu qu'un temps ; elles l'ont abandonné quand il a été au fond de l'abîme, où il s'est plongé pour elles. Aujourd'hui, elles lui ont laissé une femme qui l'humilie, des dettes qu'il ne peut payer, une réputation entamée, une existence douteuse ; abandon, désolation, malheur, misère ; elles lui ont laissé les regrets, les remords, le repentir ; il dit lui-même aujourd'hui : *arrêtez-vous donc !* à ceux qu'il rencontre dans le mauvais chemin qu'il a suivi, et où il s'est perdu.

VII.

Une autre fois, je voulus me marier ; Henriette me fut proposée ; elle était dans le monde sur le pied que donnent la beauté, la naissance et la fortune; elle m'avait préféré; son choix flattait ma vanité : je me voyais roulant en carosse sur les perrons de mes châteaux; j'avais des gens à livrée, beaucoup d'amis, et un grand train; les rêves de mon ambition me faisaient atteindre les hauts emplois, la cour, la faveur des rois. Une pensée me ramena vers Adélaïde; j'ouvris la boîte que j'avais d'elle : j'y trouvai le papier et la maxime accoutumés : *arrêtez-vous donc!* Alors, je pensai aux saints et sérieux devoirs de la famille : je pensai aux enfants auxquels la vie des parents doit être entièrement consacrée : je pensai que pour être heureux, il faut plus de raison que de faste, plus de sagesse que de beauté, plus de paix que de bruit, plus de modestie que d'étalage, plus de religion que d'attache au monde. Henriette cessa de me plaire; je portai mes regards sur Marie que ma mère aimait : j'écoutai les conseils qui disaient de me faire aimer et d'aimer moi-même : j'écoutai les conseils qui disaient que pour être heureux, il fallait mettre à la seconde place l'ambition, la fortune, les plaisirs.

Je mis au premier rang la sagesse et les devoirs;

J'épousai Marie, et je fis bien.

30 avril.

___

CONCLUSION.

Arrêtez-vous donc! Ces mots ont une grande valeur; ils m'ont empêché de me perdre : je suis au port; je dis : *arrêtez-vous donc!* A mes amis qui voyagent encore, je leur recommande ma maxime, je leur recommande la boîte et l'attachement d'Adélaïde.

On a dit depuis que la sagesse elle-même était dans mon histoire. Je n'ai pas voulu le croire. La sagesse ! oh non ! je l'ai connue au collége ; je l'ai connue dans les discours des gens âgés ; elle était laide ; je ne l'aimais guère. Je dois tout à Adélaïde, à son souvenir, à son doux regard, à notre simple et mutuel attachement. Si la sagesse est avec eux, tant mieux pour la sagesse ! ils la font belle et aimable.

Sagesse ou souvenir, n'importe. Je dis à ceux que j'aime : *arrêtez-vous donc !*

Angoulême. Typ. (Soulié) GIRARD.

www.ingramcontent.com/pod-product-compliance
Lightning Source LLC
Chambersburg PA
CBHW061705180626
46818CB00003B/1262